Analyse de l'œuvre

Par Natalia Torres Behar

Pour qui sonne le glas

Ernest Hemingway

lePetitLittéraire.fr

Analyse de l'œuvre

Par Natalia Torres Behar

Pour qui sonne le glas

Ernest Hemingway

lePetitLittéraire.fr

Rendez-vous sur lepetitlitteraire.fr et découvrez :

Plus de 1200 analyses
Claires et synthétiques
Téléchargeables en 30 secondes
À imprimer chez soi

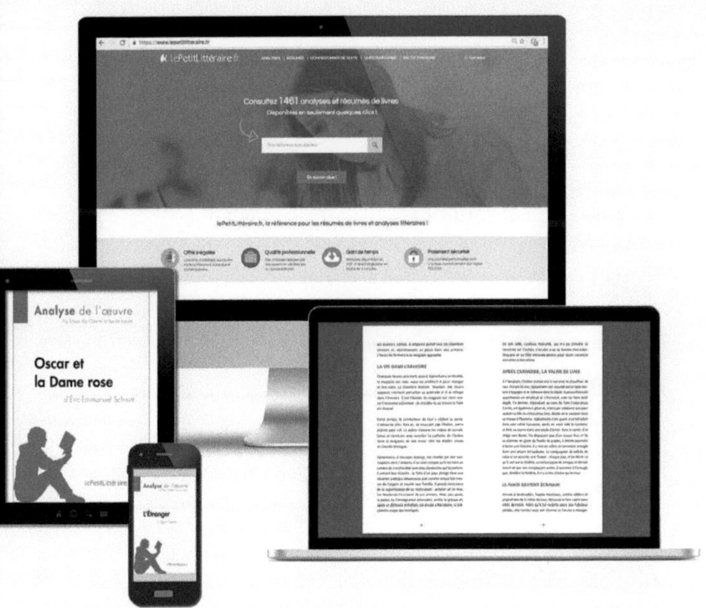

ERNEST HEMINGWAY

ÉCRIVAIN ET JOURNALISTE AMÉRICAIN

- **Né à Oak Park (Illinois) en 1899.**
- **Décédé à Ketchum (Idaho) en 1961.**
- **Travaux notables :**
  - *Le soleil se lève aussi* (1926), roman
  - *L'Adieu aux armes* (1929), roman
  - *Pour qui sonne le glas* (1940), roman
  - *Le vieil homme et la mer* (1952), roman

Le romancier, nouvelliste et journaliste Ernest Hemingway est né en 1899 dans une petite banlieue de Chicago. Après avoir obtenu son diplôme d'études secondaires, il travaille brièvement pour le journal *Kansas City Star* avant d'être recruté par la Croix-Rouge en 1918 et de se rendre en Italie pour participer à la Première Guerre mondiale. Après avoir été témoin direct de la guerre et de la mort pendant son séjour là-bas, ces thèmes sont devenus des constantes dans la vie, l'esprit et l'œuvre d'Hemingway. Il a survécu à deux accidents d'avion en Afrique, puis a travaillé comme correspondant de guerre en Espagne pendant la guerre civile espagnole (1936-1939) et en France pendant la Seconde Guerre mondiale (1939-1945). La plupart de ses écrits sont fortement influencés par ses propres expériences de guerre et mêlent autobiographie, histoire et fiction. Il a remporté le prix Pulitzer en 1953 pour *Le vieil homme et la mer* et le prix Nobel de littérature en 1954, et est considéré comme l'un des auteurs américains les plus influents de tous les temps. Il s'est suicidé en 1961.

POUR QUI SONNE LE GLAS

DES CAUSES QUI VALENT LA PEINE DE MOURIR

- **Genre :** roman de guerre
- **Edition de référence :** Hemingway, E. (1994) *Pour qui sonne le glas*. Londres : Arrow.
- **1ère édition :** 1940
- **Thèmes :** l'interconnexion de l'humanité, l'humanité partagée, la vie en montagne, le meurtre, la politique, l'idéologie, l'amour, le *carpe diem*.

For Whom the Bell Tolls traite de la guerre civile espagnole et est basé sur les propres expériences de l'auteur en tant que correspondant de guerre dans le pays pendant ce conflit. Il raconte l'histoire de Robert Jordan, un professeur du Montana, aux États-Unis, qui se bat pour les républicains et qui a reçu l'ordre de faire sauter un pont. Pour mener à bien sa mission, qui permettra d'assurer une victoire importante aux Républicains, il doit se lier d'amitié avec des guérilleros vivant dans les montagnes et les convaincre de l'aider. L'histoire, qui compte plus de 400 pages, se déroule sur trois jours, une courte période de temps qui suffit néanmoins à changer complètement la façon dont Jordan voit le monde. Au cours de ces trois jours, il trouvera l'amour auprès d'une jeune femme nommée Maria, la compagnie du vieil Anselmo, la loyauté grâce à la détermination courageuse de Pilar et, dans les moments de tension et d'attente, une profonde conscience existentielle.

RÉSUMÉ

LA JORDANIE ARRIVE
DANS LES MONTAGNES

Espagne, 1937. La guerre civile fait rage et Robert Jordan, un ancien professeur américain, combat pour les Brigades internationales du côté républicain en tant que spécialiste de la dynamite. Le général Golz lui a confié une mission de la plus haute importance : se rendre dans les montagnes de Guadarrama, derrière les lignes ennemies, pour faire sauter un pont. Cependant, il doit choisir le moment idéal pour faire coïncider son action avec une offensive qui sera lancée par un autre contingent de sol-dats. Jordan sait que sa mission est cruciale pour la cause, car le succès de la tentative républicaine de capturer la ville de Ségovie, et toute avancée future, dépendra de la destruction ou non du pont. En d'autres termes, ses actions pourraient avoir d'énormes conséquences pour l'avenir de l'humanité, et pourraient changer le cours de l'histoire. Cependant, Jordan est également conscient que lui et les autres soldats ne sont rien de plus que des outils dans les mains de « ceux qui mènent la guerre » (p. 18) : ils sont de simples pions qui obéissent à la chaîne de commandement.

Bien que Jordan parle couramment l'espagnol, il ne connaît pas la région, ce qui signifie qu'il a besoin d'un guide digne de confiance. Ce rôle revient au vieux Anselmo, un fermier local de 68 ans qui connaît la terre et est très respecté. Il présente également Jordan à Pablo et au groupe de guérilleros qu'il dirige. Ce groupe est composé de neuf personnes (sept hommes et deux femmes) qui vivent dans une grotte dans les montagnes, vivant de la terre pendant qu'Agustín et Fernando surveillent les forces ennemies. Le groupe a déjà accompli quelques missions réussies, notamment l'attaque d'un train transportant des prisonniers, ce dont ils sont tous extrêmement fiers. Cependant, bien que Pablo soit toujours accueilli avec enthousiasme, notamment par un gitan appelé Rafael, Jordan apprend rapidement qu'il ne faut pas lui faire confiance. Alors que personne ne peut douter de sa loyauté envers la cause républicaine, Pablo est un homme très intelligent qui, dès le début, a des doutes sur les chances de succès de la mission de Jordan, et pourrait même la saboter. Pablo est devenu désabusé et, selon les mots de sa femme Pilar, cela l'a rendu « paresseux, ivrogne et lâche » (p. 58). Il est opposé à l'idée d'aider Jordan, mais le reste du groupe se rebelle contre lui et se range du côté de Pilar, qui soutient la mission et prend la tête du groupe rebelle à partir de ce moment-là. Jordan peut alors se concentrer sur la familiarisation avec le terrain et l'évaluation du pont, sur l'évaluation des risques de sa mission et sur le recrutement d'autres personnes pour l'aider à la mener à bien, dont une autre bande de guérilleros dirigée par El Sordo et comptant parmi ses membres le jeune Joaquín, qui fait office de sentinelle.

Bien que la mission semble simple en théorie, un certain nombre de problèmes et de mauvais présages commencent à apparaître, ce qui rend tout plus difficile : pour commencer, de nombreux avions qui semblent appartenir à l'ennemi passent au-dessus de leurs têtes, ce qui est très inquiétant. Pire encore, il neige une nuit, alors que nous sommes en plein mois de mai, et bien qu'ils essaient tous de s'en moquer, la neige est plus qu'un mauvais présage : elle complique leur mission et finit par révéler leur position à l'ennemi. Cependant, les obstacles qu'ils rencontrent ne sont pas tous d'ordre matériel : à plusieurs reprises, Jordan se retrouve à douter de la justesse de leur cause, de la nécessité de tuer et de la dépravation de la guerre. Ces doutes sont attisés par les réflexions d'Anselmo sur le fait que tuer est un péché, même si « nous n'avons plus Dieu ici » (p. 44), et par les récits de Pilar sur le massacre vengeur et sadique des fascistes dans son village. À plusieurs reprises, Jordan tente d'oublier l'innocence de tous au début de la guerre et de dissiper le sentiment que les hommes deviennent plus cruels avec le temps et tuent sans remords – en d'autres termes, l'idée que toutes les causes se corrompent.

UNE ROMANCE ÉPANOUIE

Jordan se vante de n'avoir aucun besoin d'une femme et de n'être jamais tombé amoureux ; il en plaisante même avec le général Golz lorsque le sujet est abordé, disant qu'il est trop occupé et concentré pour avoir le temps de rencontrer quelqu'un. Mais cela change bientôt, car Pilar n'est pas la seule femme du camp : une jeune femme nommée Maria, qui a été sauvée lors de l'attaque du train transportant les prisonniers, y vit également, et Jordan est captivé par elle dès qu'il pose les yeux sur elle. Maria a beaucoup souffert aux mains des Falangistes (une faction fasciste), qui ont tué ses parents et l'ont violée. Lorsqu'elle le regarde ou s'approche de lui, Jordan sent une boule dans sa gorge, et il ne peut pas contrôler sa voix – en fait, il peut à peine parler, car il est tombé amoureux.

Elle a également le coup de foudre pour lui et ils ont une relation amoureuse dès la première nuit où ils se rencontrent. La deuxième fois qu'ils couchent ensemble, ils ressentent tous deux une connexion profonde avec l'autre et avec l'univers lui-même, qui semble presque se déplacer autour d'eux. Jordan sait que le lien qui les unit ne durera probablement pas longtemps, étant donné que tout peut arriver pendant une guerre, et il décide de profiter de chaque instant qu'ils passent ensemble. Il en conclut que, puisqu'ils n'auront peut-être pas beaucoup de temps à passer ensemble, ils doivent profiter de la vie tant qu'ils le peuvent, car c'est la seule chance qu'ils n'auront jamais. Jordan se laisse aller à fantasmer sur la vie avec son « petit lapin » (son petit nom pour Maria) à Madrid, où ils pourraient faire l'amour tous les jours et construire une vie ensemble, élever leurs enfants dans une grande maison avec une baignoire où il pourrait boire du café chaud en lisant le journal. Cependant, il sait que ce n'est rien de plus qu'un rêve qui ne deviendra probablement jamais une réalité, bien qu'il se rappelle qu'il a de la chance d'avoir eu la chance de vivre ce sentiment, qui lui donne la volonté de vivre.

LA FIN DE LA MISSION

Alors que l'histoire touche à sa fin, tout semble se passer en même temps. Alors qu'un nombre croissant d'avions passent au-dessus de leurs têtes, ils comprennent que le moment est venu d'agir. Les hommes d'El Sordo décident de voler certains chevaux de l'ennemi pour faciliter leur fuite après avoir fait sauter le pont, mais les forces ennemies se mettent alors à les poursuivre, et grâce aux traces qu'ils ont laissées dans la neige, ils n'ont aucun mal à les suivre. Jordan est obligé de tuer un Falangiste qui arrive jusqu'à leur camp, ce qui leur fait prendre conscience du danger qu'ils courent, et ils se retirent dans les arbres pour se mettre à l'abri. Alors qu'ils sont cachés là, ils entendent des coups de feu au loin et se rendent compte que le lieutenant Berrendo et ses hommes ont trouvé et tué la bande de guérilleros d'El Sordo. Ils décident donc de terminer la mission le lendemain.

Jordon sait que la mission est vouée à l'échec maintenant que leurs effectifs ont été considérablement réduits, mais il décide de la mener à bien en raison de son devoir d'obéir aux ordres. Il tente cependant de mettre un terme à cette mission en envoyant Andrés, un des hommes de Pablo, porter un message à Golz. Malgré de nombreuses difficultés, le message passe, mais Golz a les mains liées car il sait qu'une fois que la machine de guerre commence à tourner, il est très difficile de l'arrêter. Il donne donc l'ordre de poursuivre la mission.

Lorsque le jour tant attendu se lève enfin, tout le monde se prépare du mieux qu'il peut et se met en position tandis que Jordan et Anselmo vont faire sauter le pont. À la surprise générale, ils parviennent à mener à bien leur mission, mais Anselmo est touché par un éclat d'obus et est tué sur le coup. Cependant, ils n'ont pas le temps de s'arrêter, car ils sont impitoyablement traqués par l'armée. Les quelques survivants (dont Pablo, Pilar, Maria et Rafael) prévoient de se rendre à Gredos, et Jordan espère les accompagner. Mais il est abattu par un char et, après avoir fait ses adieux, il leur dit à tous de le laisser mourir.

ÉTUDE DE CARACTÈRE

ROBERT JORDAN

Robert Jordan est un jeune professeur d'université du Montana qui aime l'Espagne et qui est parti là-bas pour se battre pour une cause à laquelle il a toujours cru : la République, le gouvernement démocratiquement élu. Grand et mince, les cheveux clairs et la peau bronzée, il n'a pas l'air d'un éducateur typique, puisqu'il est aussi un expert en démolition avec une grande expérience militaire. Il est constamment tiraillé entre deux aspects contradictoires de sa personnalité : son passé d'universitaire et son penchant pour la réflexion sur des questions profondes qui le laissent généralement mal à l'aise et plein de doutes, et son rôle actuel de combattant, qui l'oblige à surmonter sa peur et à agir avec un pragmatisme froid et inébranlable.

Le conflit intérieur constant de Jordan est révélé au lecteur par son monologue intérieur. Ce conflit intérieur prend diverses formes : sa conviction que tuer est mal et le besoin de tuer au service d'une cause qu'il croit juste ; la raison et la superstition, qui l'amènent à voir des signes et des présages autour de lui, ce qui attise ses doutes et ses craintes quant à ce qui l'attend ; et sa conviction que les choses vont mal tourner et son espoir de construire une vie avec Maria.

PABLO

Pablo est le chef de la bande de guérilleros qui aide Jordan à accomplir sa mission. Il est grand et costaud, avec un visage buriné, de petits yeux, de grandes mains et de grands pieds, un nez tordu, une cicatrice sur la lèvre et une barbe mal rasée. Il est l'un des hommes les plus respectés de la région, mais Jordan et lui se détestent immédiatement – en fait, Jordan pense à le tuer à plusieurs reprises. Il est d'un tempérament maussade et très intelligent, ce qui signifie qu'il est parfaitement conscient des risques que ses hommes courent s'ils aident Jordan à faire sauter le pont. Par conséquent, il est opposé à l'idée d'aider, mais le reste du groupe est prêt et désireux d'aider, et pense qu'il est un lâche dont les meilleurs jours sont derrière lui et qu'il n'a plus rien à offrir au groupe. Il ne se soucie plus de rien d'autre que de ses chevaux, et il souhaite simplement que la guerre se termine pour pouvoir mener une vie tranquille. Toutefois, à la fin du roman, il se rend compte qu'il est seul à penser ainsi, ce qui l'amène à changer d'avis et à décider de participer à la mission.

PILAR

Pilar est la femme de Pablo. Elle a plus de 40 ans et se décrit comme une femme laide qui aurait dû naître homme. C'est une paysanne forte et énergique, de sang rom, qui est le véritable chef et la voix de l'autorité dans le groupe, et qui est donc respectée, admirée et crainte par tous. Elle est très directe, ne mâche pas ses mots et dit exactement ce qu'elle pense, c'est pourquoi elle peut parfois être effrayante. Cependant, elle agit aussi comme une sorte de mère pour tout le groupe, car elle cuisine pour eux, s'occupe d'eux et s'inquiète de leur bien-être. Sans elle, de nombreux événements du roman n'auraient jamais eu lieu, car c'est elle qui rapproche Jordan et Maria, qui convainc El Sordo de participer à la mission et qui prépare tout le monde pour la bataille. Tout le monde compte sur elle.

MARIA

Maria est la femme dont Jordan tombe amoureux et qui lui apprend ce qu'est l'amour. Elle est jeune et a été sauvée du train de prisonniers que le groupe a attaqué. Elle est belle, avec des dents très blanches, des yeux gais, une peau dorée et des cheveux très courts qui ressemblent à un champ de blé cuit par le soleil, ce que Jordan adore. Elle a un air vulnérable en raison de l'épreuve qu'elle a subie aux mains des Falangistes, qui ont non seulement tué ses parents mais l'ont aussi violée et torturée. Cependant, elle possède une force intérieure, une détermination et une résilience extraordinaires, qui lui permettent d'endurer les situations les plus difficiles.

ANSELMO

Anselmo est un vieux paysan qui, malgré ses 68 ans, est encore actif et énergique. Il porte les vêtements simples typiques de la région et est analphabète. Il est le guide, le protecteur et l'aide la plus fidèle de Jordan, mais aussi sa conscience, car il lui rappelle constamment que, même si Dieu n'existe pas, tuer est toujours un péché, et qu'ils devront trouver des moyens de punir les crimes et les meurtres commis pendant la guerre afin de construire une société fonctionnelle par la suite. Cela signifie que même s'il est athée, le personnage d'Anselmo peut être interprété comme l'incarnation des valeurs chrétiennes dans le roman.

RAFAEL

Rafael est un gitan à la peau olivâtre et aux yeux bleus qui fait partie du groupe de Pablo. On nous dit constamment que, bien qu'il soit un homme bon, il n'est pas très utile dans la guerre, car il ne croit pas aux idéologies et n'est loyal envers presque personne. Après un combat, il suggère même à Jordan qu'il aurait dû tuer Pablo. À un moment donné, il abandonne son poste de sentinelle pour courir après des lièvres, une erreur qui coûte cher au groupe, car elle permet à des fascistes de se glisser dans leur territoire sans se faire remarquer.

AGUSTÍN ET FERNANDO

Agustín et Fernando sont deux des hommes de Pablo, et sont les gardiens du groupe. Alors qu'Agustín n'est pas particulièrement attaché à la cause et peut être extrêmement vulgaire, Fernando est un homme sérieux qui s'offense facilement du langage grossier de son partenaire et veut simplement faire son devoir.

SANTIAGO, « EL SORDO »

El Sordo est le chef d'une autre bande de guérilleros basée dans les mêmes montagnes que le groupe de Pablo. C'est un homme petit, puissant, aux cheveux gris. Bien qu'il soit peu loquace, il est amical et soutient avec enthousiasme le projet de faire sauter le pont. Cependant, lui et ses hommes sont tués par un groupe de fascistes qui les traquent la veille de l'accomplissement de la mission, et personne ne peut rien faire pour l'empêcher.

JOAQUÍN

Joaquín est l'un des hommes d'El Sordo. C'est un jeune homme très sympathique, poli et maigre, qui est la sentinelle du groupe. Il a de longs cheveux noirs bouclés qu'il attache en arrière, car il voulait être torero. Sa famille a été abattue par les fascistes.

GOLZ

Golz est un général russe, allié des républicains, qui est le commandant de Jordan. La guerre a laissé des traces sur ce vétéran aguerri, assez âgé, déjà chauve et ridé. Il a le teint blafard, les yeux ronds, un grand nez et de nombreuses cicatrices. Jordan a une confiance absolue en lui et en son jugement.

KASHKIN

Kashkin était un combattant russe qui a travaillé avec le groupe de Pablo avant Jordan, et a participé à l'assaut du train. Bien qu'il n'apparaisse jamais dans le roman, étant mort avant qu'il ne commence, les personnages font constamment référence à lui et à la ressemblance de Jordan avec lui.

LIEUTENANT BERRENDO

Le lieutenant Berrendo est un soldat fasciste qui donne l'ordre de décapiter El Sordo et ses hommes. C'est un catholique fervent qui est profondément affecté par la mort de ses camarades, et qui est conscient de la futilité de tuer.

ANALYSE

FORMULAIRE

Style et langue

Pendant son séjour à Paris, Hemingway se lie d'amitié avec des auteurs influents tels que F. Scott Fitzgerald (1896-1940) et John Dos Passos (1896-1970), avec lesquels il fait partie d'un groupe d'écrivains nord-américains que Gertrude Stein (1874-1946) appelait « la génération perdue ». Ils étaient connus pour leur désillusion et leur approche bohème de la vie, et leur œuvre se caractérisait par sa description du pessimisme qui imprégnait la société après la Première Guerre mondiale, la Grande dépression et le déclin du rêve américain. Ces écrivains étaient considérés comme des modernistes et, même s'ils avaient chacun leur propre style, ils étaient unis dans leur opposition au réalisme du XIXe siècle.

Le style utilisé par Hemingway dans *Pour qui sonne le glas* est un style réaliste qui met principalement en scène le dialogue et l'action. On pourrait même dire que le dialogue du roman est un personnage à part entier, car l'une des caractéristiques du livre est la façon dont Hemingway tente de recréer fidèlement le langage et l'argot utilisés par les habitants de l'Espagne rurale. Cependant, l'utilisation des silences dans le roman, qui permettent au lecteur de comprendre implicitement certaines choses qui ne sont jamais exprimées directement, est tout aussi importante.

Pour créer cet effet, Hemingway utilise des phrases simples et précises qui portent la marque des nombreuses années qu'il a passées à travailler comme reporter. Ce style journalistique est l'un des aspects les plus originaux de l'œuvre d'Hemingway, et c'est l'une des raisons pour lesquelles son œuvre est si appréciée, car il parvient à utiliser le langage journalistique d'une manière totalement opposée à la façon dont il est habituellement employé : au lieu de rendre tout immédiatement clair pour le lecteur, ces phrases précises et descriptives dissimulent un sens plus profond, non exprimé. Hemingway a appelé ce style la « théorie de l'iceberg », c'est-à-dire que si les faits flottent au-dessus de la ligne de flottaison, le symbolisme et la structure qui maintiennent le tout en place sont loin d'être visibles sous la surface.

Il est vrai que le roman comporte de nombreuses descriptions – principalement de la campagne et des lieux où se déroule l'action – et que le lecteur a toujours une assez bonne idée de ce qui est présent dans une scène particulière et de ce qui s'y passe. Cependant, tous ces éléments ne sont que l'habillage de l'histoire des personnages et de leurs monologues internes, qui constituent le cœur du récit.

Cela signifie également que le roman n'est pas fondé sur une vérité absolue. Malgré la présence d'un narrateur omniscient à la troisième personne qui voit et sait tout – y compris les pensées des personnages – le lecteur se rend vite compte que rien n'est blanc ou noir dans la guerre, comme le montrent les histoires du passé (racontées par des flashbacks) et les monologues internes des personnages (principalement celui de Jordan, mais aussi celui d'Anselmo et d'El Sordo). Le roman montre clairement que les républicains peuvent être cruels et que les fascistes sont également humains, ce qui nous permet d'avoir une meilleure vue d'ensemble.

Le rythme du roman est également remarquable, car le roman passe rapidement d'une scène à l'autre. Le dialogue est vif et précis, et il est intéressant de noter qu'Hemingway ne se contente pas d'inclure des fragments d'espagnol dans le roman, mais imite également les modèles et les structures de la langue espagnole dans les dialogues en anglais, ce qui lui permet de reproduire la façon dont les paysans espagnols parlent, de donner à chaque personnage une voix distincte et de capturer l'esprit des populations locales.

Structure et calendrier

La structure de *Pour qui sonne le glas* est construite autour d'un seul événement : la destruction du pont. Le lecteur passe tout le roman à l'anticiper, car c'est le moment culminant vers lequel le reste de l'histoire tend constamment. Le pont est fait de fer et forme une seule arche qui enjambe la rivière qui coule entre deux montagnes (p. 38). Il est la pierre angulaire du roman, car chaque action, décision et conversation tournent autour de la question de savoir s'il sera sauvé ou détruit : le sort des falangistes et de la République est en jeu (Auer, 1986 : 19). Le pont est un motif récurrent tout au long du Roman et symbolise l'espoir renouvelé pour l'humanité. Cependant, à la fin, la destruction du pont ne sert à rien et symbolise la futilité de la destruction (Waldhorn, 2002), tout en laissant présager le destin tragique de la République.

En outre, Lester (2007) affirme que l'histoire comporte trois couches, ou espaces. Premièrement, il y a un espace entre l'auteur et le lecteur, qui consiste en une narration à la troisième personne qui crée le cadre de l'histoire en décrivant les personnages, les montagnes et leurs caractéristiques, permettant ainsi au lecteur de comprendre le contexte. Ensuite, il y a un espace discursif entre les personnages et les histoires qu'ils se racontent, qui illustrent les différentes manières dont les gens vivent et intériorisent la guerre. Enfin, il y a un espace discursif qui consiste uniquement en un monologue interne de Robert Jordan, qui est sa façon d'essayer de donner un sens à ses expériences et qui contribue à la compréhension globale du texte par le lecteur.

Ainsi, on pourrait dire que la structure du roman est constituée d'un certain nombre de cercles concentriques, avec le pont en leur centre. Ces cercles concentriques seraient constitués des trois jours que Jordan passe avec la bande de combattants de Pablo, ainsi que des histoires que les personnages racontent, comme les récits du massacre des fascistes dans le village de Pilar, du meurtre des parents de Maria et de la vie passée de Jordan à Madrid, sur laquelle il se penche de temps en temps et où il souhaite retourner. Ces cercles peuvent s'étendre et se contracter si nécessaire, et vont des histoires banales sur des gens ordinaires aux discussions sur la façon dont tout ce qui se passe en Espagne à ce moment-là pourrait affecter l'avenir de l'humanité elle-même.

Bien que la chronologie du roman ne s'étende que sur trois jours, sa structure intègre des flashbacks et des monologues internes qui permettent au récit de sauter entre différents lieux et moments. Cette technique permet au lecteur d'avoir une meilleure idée de ce qui se passe et des personnes impliquées. Par exemple, à un moment donné, le récit se déroule à l'hôtel Gaylord à Madrid, où les officiers russes tiennent des conseils de guerre et discutent des derniers événements. L'hôtel attire et dégoûte Jordan, car il est choqué par la présence d'un tel luxe et d'un tel confort dans une ville en état de siège. Cette technique permet également au lecteur de se rendre dans la ville de Pilar pour assister à l'un des épisodes les plus brutaux du livre, lorsque Pablo et ses hommes se font justice eux-mêmes et assassinent les fascistes de la ville un par un – d'abord avec une certaine pitié, puis avec une cruauté toujours plus grande. Enfin, cette technique permet au roman d'approfondir l'histoire de chacun des personnages au cours des trois jours que dure le roman, avec une attention particulière pour les guérilleros, en explorant le passé pour montrer ce qui a fait de ces personnes ce qu'elles sont aujourd'hui.

Ces procédés narratifs compliquent l'histoire de plusieurs façons et rendent beaucoup plus difficile la simplification ou la réduction des personnages aux « bons et aux méchants ». Ils donnent également au récit une portée plus large et illustrent les similitudes entre cette guerre et toutes les autres qui ont eu lieu au cours des siècles.

Il ne s'agit pas simplement d'une anecdote sur la façon dont un pont isolé dans les montagnes espagnoles a été détruit, mais d'une histoire sur toutes les luttes que l'humanité a dû affronter et endurer au cours de l'histoire.

Enfin, la montagne où se déroule toute l'action principale de l'histoire est également significative. Il s'agit d'un environnement naturel et paisible où les guérilleros peuvent trouver un refuge et une certaine sécurité temporaire, malgré toutes les difficultés qu'ils rencontrent. Ce lieu leur permet à tous de réfléchir et de prendre conscience des liens qui les unissent au reste du monde. Cependant, selon Auer (1986), la montagne est aussi une sorte de prison pour eux, car les républicains y sont piégés sous l'œil attentif des fascistes et de leurs avions.

THÈMES

L'interconnexion de l'humanité

Le thème le plus important du roman est sans doute la relation entre chaque individu et le reste de l'humanité. Cela apparaît clairement dès le titre du roman, tiré d'un vers du poète anglais John Donne (1572-1631) qui affirme qu'aucun homme n'est une île, et que la mort d'une personne nous affecte et nous diminue tous. Cela signifie que nous ne devons pas demander pour qui sonne le glas, car il sonne pour nous tous. Selon Slatoff :

L'idée fondamentale sur laquelle repose le récit est que la vie de tous les êtres humains dépend d'autres personnes, même celles qui se trouvent à l'autre bout du monde. Hemingway exprime cette idée de nombreuses façons et à travers une variété de sous-thèmes, et elle est incarnée par le personnage de Robert Jordan : en tant qu'Américain, il n'a aucune raison réelle d'être en Espagne, mais il aime le pays et croit que les fascistes doivent être arrêtés.

Un autre thème qui a fasciné Hemingway est la manière dont les réalités les plus sombres de la guerre conduisent les gens à accomplir les exploits les plus extraordinaires : en d'autres termes, les différentes formes que peut prendre l'héroïsme. Selon Auer :

« Il serait simpliste de dire qu'Hemingway a glorifié la guerre, comme certains l'ont prétendu. Il était aussi dégoûté que quiconque par sa cruauté et son gaspillage. Pourtant, il était également enthousiasmé par ce qu'il considérait comme les aspects les plus positifs de la bataille – le courage, la camaraderie, la loyauté, le dévouement à une cause. Selon un observateur, Hemingway était « attiré par le danger, la mort, les grandes actions » ; un autre a dit qu'il était « revivifié et rajeuni » en voyant ceux qui refusaient de se rendre, quelles que soient les chances. » (Auer, 1986 : 3)

Le roman aborde le thème de l'interconnexion fondamentale de l'humanité de deux manières principales, que nous examinerons dans les sections suivantes : premièrement, à travers les réflexions d'Anselmo et de Jordan sur le meurtre et les scènes dans lesquelles l'humanité des fascistes est mise en évidence malgré leurs différences ; deuxièmement, à travers les relations entre les guérilleros et leur loyauté envers la République.

Une humanité partagée

Tout au long du texte, le lecteur est en mesure d'observer directement les pensées et les sentiments d'Anselmo, ainsi que les conversations qu'il a avec Jordan au sujet du meurtre. Anselmo lui dit qu'il avait l'habitude d'aller chasser assez souvent, mais que même s'il ne croit pas en Dieu, il considère que tuer des humains – même des fascistes – est un péché. Il admet qu'il a déjà tué et qu'il tuera probablement encore à cause des réalités de la guerre, mais il croit toujours que ce qu'ils font est mal. C'est pourquoi il s'est promis que s'il survivait à la guerre, il essaierait de vivre de manière à ne blesser personne, car c'est la seule façon pour lui de se pardonner. Il répète ces pensées à d'autres occasions, ce qui accentue encore cette conversation et la question générale de savoir si tuer peut-être justifier, même si c'est pour une bonne cause, et comment ces morts peuvent être expiées. Le roman n'apporte jamais de réponse définitive à ces questions, mais Anselmo pense que puisque Dieu n'existe pas, les gens doivent assumer eux-mêmes la responsabilité de ces crimes, et qu'à la fin de la guerre, « il doit y avoir une forme de pénitence civique organisée pour que tous puissent être purifiés de la tuerie, sinon nous n'aurons jamais une base humaine et véritable pour vivre » (p. 204).

De même, le roman montre les deux côtés de la guerre et ne simplifie ni ne réduit les personnages en « bons et méchants » ; au contraire, il vise à raconter une histoire aussi neutre et honnête que possible. Le livre ne se contente pas de condamner les fascistes et les choses qu'ils ont faites ; il reconnaît également que les républicains ont commis des erreurs et des atrocités, tout en admettant que les fascistes sont aussi des êtres humains, avec leurs propres pensées et sentiments, et qu'ils ne sont pas si différents des guérilleros dans le fond.

Un exemple de ce thème est le récit de Pilar, qui raconte comment la bande de combattants de Pablo a massacré les fascistes de sa ville. Au début, tout le monde était impatient de commencer à lyncher les fascistes un par un, mais leur enthousiasme s'est momentanément tari lorsque les premiers fascistes ont été conduits sur la place de la ville, où les autres hommes les attendaient, armés de fléaux, comme une foule de spectateurs au théâtre. Ils ont du mal à tuer le premier de ces hommes, qu'ils ont connu toute leur vie et dont certains – comme Don Guillermo, qui est un homme bien – ne sont coupables de rien d'autre que d'être fascistes, mais les passions se déchaînent rapidement à mesure que les hommes sont de plus en plus ivres, et Pilar se rend compte que ce qu'ils font est honteux et odieux. Comme le lui dit l'un des autres paysans, « Qui sait si nous ne ferions pas mieux de mettre la ville en état de défense que de massacrer des gens avec cette lenteur et cette brutalité » (p. 125). Ces événements laissent Pilar mal à l'aise, car elle est convaincue que, même si leur but était de défendre la République, ce qu'ils ont fait était mal.

Le roman comprend également un certain nombre de scènes qui montrent que les fascistes ne sont pas vraiment si différents des guérilleros. Comme Anselmo l'admet lui-même alors qu'il les espionne, ce sont des paysans comme lui :

> « Je les ai observés toute la journée et ce sont les mêmes hommes que nous. Je crois que je pourrais aller jusqu'au moulin et frapper à la porte et je serais le bienvenu, sauf qu'ils ont l'ordre d'interpeller tous les voyageurs et de demander à voir leurs papiers. Ce ne sont que des ordres qui se mettent entre nous. Ces hommes ne sont pas des fascistes. Je les appelle ainsi, mais ils ne le sont pas. Ce sont des hommes pauvres comme nous. Ils ne devraient jamais se battre contre nous et je n'aime pas penser aux meurtres. Ceux qui sont à ce poste sont des Gallegos. Je le sais pour les avoir entendus parler cet après-midi. Ils ne peuvent pas déserter car s'ils le font, leurs familles seront abattues. » (P. 201)

La seule différence entre les guérilleros et les fascistes est de savoir de qui ils reçoivent des ordres. Anselmo a probablement raison de penser que beaucoup d'entre eux ne se battent pas en raison de leurs convictions, mais parce qu'on ne leur a pas laissé d'autres choix. Ce n'est pas la seule fois que ce thème est exploré : pendant la bataille entre El Sordo et ses hommes et les fascistes, la narration raconte les deux côtés de l'histoire et illustre les similitudes entre les deux groupes de combattants. C'est cette perspective équilibrée qui empêche le roman de devenir un objet de propagande et le transforme en une œuvre d'art importante (Slatoff, 1977 : 142).

En conséquence, le roman a été très critiqué lors de sa première publication, car les libéraux et les conservateurs ont estimé qu'Hemingway les avait trahis en écrivant un roman qui ne soutenait pas leurs idéologies politiques respectives. Cependant, il a répondu que lorsqu'il abordait le sujet de la guerre dans ses écrits, il essayait toujours de l'examiner soigneusement sous tous les angles possibles, et que personne ne devait s'attendre à ce qu'une telle histoire reflète son propre point de vue, car ces questions sont trop complexes pour justifier une prise de position définitive (Auer, 1986). En outre, la principale préoccupation du roman n'est pas de dresser un portrait exact du paysage politique de l'époque, mais de saisir l'esprit des personnes qui se battaient sur les lignes de front de la guerre (Waldhorn, 2002 : 172). En fin de compte, Jordan et le lecteur se rendent compte que les moments de grande tragédie offrent un aperçu d'une spiritualité transcendante qui unit et soutient non seulement tout le peuple d'Espagne, mais aussi toute l'humanité.

La vie en montagne : camaraderie et amitié

Un autre aspect de la guerre qui fascine Hemingway est celui des liens qui se tissent entre les combattants de la guérilla pendant ces périodes d'immense effort physique et mental. Ces gens vivent ensemble dans les montagnes et se battent parce qu'ils croient en la cause républicaine ; ils forment une communauté et ont tissé des liens solides les uns avec les autres. C'est ce qui ressort de la description de leur vie quotidienne ensemble, qui leur permet de rester en sécurité même si cela peut être difficile, et en particulier des repas qu'ils partagent et des moments plus légers où ils peuvent simplement discuter ensemble (ce qui, comme le fait remarquer Pilar, est le seul vestige de civilisation qui leur reste), ainsi que de leur collaboration avec le groupe d'El Sordo. De plus, comme Pablo l'admet lui-même, après avoir décidé de déserter et de les trahir, il commence à se sentir incroyablement seul, ce qu'il craint par-dessus tout. C'est pourquoi il décide de retourner les aider, car il aime faire partie d'un groupe qui travaille ensemble pour une cause commune.

Cette fraternité se manifeste très clairement à travers le personnage de Robert Jordan et ses actions. Non seulement il décide d'aller se battre dans une guerre qui n'est pas la sienne parce qu'il croit en la cause, mais il s'intègre aussi rapidement dans le groupe de guérilleros et devient particulièrement proche de Maria, tout en découvrant que les actions d'un individu ont des répercussions qui se répercutent sur l'ensemble de la société. Il comprend également que les causes et les idéologies n'ont aucun sens sans les personnes qui les représentent (Auer, 1986), et il s'engage tellement dans la guérilla qu'à la fin du roman, il est prêt à mourir pour eux – et en particulier pour Maria – parce qu'il comprend que c'est la seule façon pour eux de s'échapper. À ce moment-là, la seule façon pour lui de servir l'humanité est de mourir.

Killing

Comme nous l'avons déjà évoqué, l'une des principales questions explorées par le roman est de savoir dans quelle mesure il est nécessaire, souhaitable et juste de tuer au service de la guerre. Comme Jordan le dit à plusieurs reprises, et comme Pablo et Pilar le reconnaissent également, tout le monde est toujours plein d'innocence et d'idéalisme pendant les premiers jours d'une guerre. Cependant, les personnes et les causes pour lesquelles elles se battent – aussi justes soient-elles – se corrompent progressivement avec le temps. Néanmoins, cela ne signifie pas que nous ne devons pas nous battre pour ces causes.

Selon Slatoff, Hemingway semble essayer de dire que si la fin ne justifie pas les moyens, la fin rend les moyens nécessaires (1977 : 143). Cependant, ceci est associé à l'idée que si nous ne restons pas intensément conscients de la nature injuste de ces moyens à tout moment, la fin sera corrompue. Le roman adopte donc sans réserve le point de vue selon lequel, si la lutte pour la cause républicaine est nécessaire, tuer est un mal, un péché et pas de justification, et la seule chose que les humains n'ont pas le droit de faire, même lorsque cela est nécessaire.

Politique et idéologie

Les idéologies et les arguments politiques qui prévalaient pendant la guerre civile espagnole sont également présents tout au long du Roman et constituent une présence constante en arrière-plan de l'histoire. Ces arguments sont généralement liés à la question de l'enjeu exact de la guerre, aux différences entre les différentes factions de la République qui se sont regroupées pour obtenir le pouvoir, ou au fossé qui sépare les personnes qui combattent et celles qui dirigent la guerre.

Tout d'abord, nous pouvons constater que de nombreux républicains (et fascistes), en particulier Jordan, se battent pour leur unité sans poser de questions, sans chercher d'explications supplémentaires ou sans réfléchir, simplement parce qu'ils croient en leur cause ou en certaines valeurs, aussi abstraites et détachées de la réalité soient-elles. En fait, on ne nous dit jamais explicitement à quelle idéologie politique Jordan croit : à travers ses conversations avec Maria, on apprend qu'il est opposé au fascisme, et dans ses monologues internes, il se demande s'il est un vrai communiste. Cependant, cela est également vrai pour El Sordo, dont on dit qu'il parle rarement de politique, mais qui se bat pour la République avec courage et dignité et ne se rend jamais. Enfin, c'est aussi le cas de Pablo, qui est devenu un fainéant et un ivrogne parce qu'il est fatigué de la guerre et parce qu'il ne croit plus en la République, ayant vu de quoi sont capables les hommes qui se battent pour elle. Maintenant, tout ce qu'il veut, c'est une vie paisible.

Bien que l'enjeu soit, en fait, l'avenir de l'humanité, il existe un certain nombre de factions différentes au sein de la République, qui ont toutes une vision différente de cet avenir et des opinions différentes sur la manière de le concrétiser. Cela a entraîné de nombreux conflits entre les différents groupes de communistes, d'anarchistes, de socialistes, de syndicalistes, de marxistes-léninistes et de trotskistes, qui critiquaient tous les autres et n'étaient pas vraiment capables de travailler ensemble pour défendre leur cause commune. Dans le roman, cela est illustré par les commentaires de certains personnages, par exemple lorsque Pilar parle de « ceux qui portent des foulards rouges et noirs » (p. 133), en référence aux anarchistes, et dit que « si jamais nous avons une autre révolution, je crois qu'ils devraient être détruits dès le début » (*ibid.*).

Enfin, le roman aborde également la question de la disparité entre les personnes qui se battaient pour la cause républicaine dans les montagnes et celles qui donnaient des ordres depuis la ville. Bien que l'intrigue du roman se déroule dans les montagnes pendant trois jours, les personnages ont parfois des réminiscences, ce qui permet de raconter leurs souvenirs par le biais de flashbacks. Certains des souvenirs de Jordan sont directement liés à la grande différence entre la vie à la montagne et la vie en ville ; à plusieurs reprises, il repense à son séjour à l'hôtel Gaylord à Madrid, qui était toujours bondé de Russes et où le cours de la guerre s'est véritablement décidé. Cet hôtel est paré de luxe, et on peut y rire, se baigner, écouter de la bonne musique, manger, boire et s'amuser confortablement. Cela semble absurde à Jordan, car tout le monde semble plus calme, plus heureux et plus confortable qu'il ne devrait l'être, étant donné que la ville est assiégée. Cela lui semble indécent, mais ne l'empêche pas de souhaiter pouvoir y retourner pour la visiter à nouveau comme il le faisait avant de venir dans les montagnes, là où les paysans peinent, souffrent et mènent les véritables batailles de la guerre même s'ils n'ont aucun pouvoir eux-mêmes.

Sans simplifier, on pourrait donc dire que l'objectif du livre est de montrer que la véritable victime de la guerre civile a été le peuple espagnol, divisé et opposé les uns aux autres comme des pions dans un conflit plus large entre différentes factions politiques. Pour les gens de la campagne – comme la bande de guérilleros avec laquelle Jordan se lie – la guerre est devenue une partie de leur vie quotidienne et, par conséquent, ce sont eux qui ont le plus souffert à cause des combats et des innombrables conséquences de la guerre, qui ont changé leur vie à jamais.

L'amour et le concept de carpe diem

L'autre grand thème du roman est, bien sûr, l'amour. Plus que toute autre chose, c'est l'amour qui permet à Jordan de mieux comprendre la guerre et l'humanité, et c'est finalement ce qui donne un sens à sa vie. Comme nous l'avons déjà dit, Jordan tombe amoureux pour la première fois lorsqu'il rencontre Maria, et décide immédiatement qu'il veut être avec elle. Son désir d'accomplir sa mission, de quitter la montagne et de commencer une nouvelle vie avec elle est ce qui le pousse à continuer à se battre, et son amour pour elle le pousse à se sacrifier pour qu'elle puisse s'échapper avec Pablo et Pilar. Jordan dit aussi qu'il vivra à travers elle, car ils ont été unis par l'amour. Son amour pour Maria lui permet de trouver la rédemption car, comme le laisse entendre le titre, il se sacrifie pour le bien de toute l'humanité.

Le contraste entre l'amour et la mort est fréquemment évoqué dans les interactions entre Jordan et Maria, en particulier lors de leurs rapports sexuels, qui sont à la fois une célébration de la plénitude de la vie et un présage de la mort et du néant qui les attendent dans le futur. Au cours de ce qui est peut-être la plus passionnée de toutes leurs rencontres, le narrateur nous dit :

> « Pour elle, tout était rouge, orange, rouge or du soleil sur les yeux fermés, et tout était de cette couleur, tout, le remplissage, la possession, l'avoir, tout de cette couleur, tout dans un aveuglement de cette couleur. Pour lui, c'était un sombre passage qui ne menait nulle part, puis nulle part, puis encore nulle part, une fois de plus nulle part, toujours et pour toujours nulle part, lourd sur les coudes dans la terre vers nulle part, sombre, jamais de fin vers nulle part, suspendu à tout moment toujours vers un nulle part inconnu, cette fois-ci et encore une fois vers nulle part, maintenant pour ne plus être porté une fois de plus toujours et vers nulle part, maintenant au-delà de tout roulement vers le haut, vers le haut, vers le haut et dans nulle part... » (p. 166)

Cette juxtaposition du plein et du vide est une présence constante tout au long du roman, qui semble impliquer que l'un ne peut exister sans l'autre, car bien que l'amour et la mort soient opposés, ils se complètent.

Cela permet au roman d'introduire un thème littéraire classique : le *carpe diem*, qui est un appel à vivre dans le présent et à saisir les opportunités qui nous sont offertes maintenant, car nous ne savons pas ce que l'avenir nous réserve. Jordan pense constamment à la façon dont il vit pleinement le temps qu'il passe avec Maria, et se demande si l'intensité de ces quelques jours peut remplacer une vie entière. C'est pourquoi Jordan s'efforce de profiter de la compagnie de Maria autant que possible (sans pour autant négliger ses responsabilités envers la cause) en termes d'intensité, sinon en termes de temps. C'est pourquoi, à la fin du roman, lorsqu'il est blessé et qu'il ne peut rien faire d'autre qu'attendre l'arrivée des fascistes, il peut dire calmement :

« Le monde est un bel endroit qui vaut la peine qu'on se batte pour lui et je déteste beaucoup le quitter. Et tu as eu beaucoup de chance, se dit-il, d'avoir eu une si belle vie. Tu as eu une aussi bonne vie que celle de grand-père, même si elle n'a pas été aussi longue. Tu as eu une vie aussi bonne que n'importe qui grâce à ces derniers jours. »
(pp. 485-486)

RÉFLEXION COMPLÉMENTAIRE

QUELQUES QUESTIONS À MÉDITER...

- Comment la compréhension du monde et de la vie par Jordan évolue-t-elle au cours du roman ?
- Selon vous, quel rôle joue l'amour dans le roman ? Pourquoi ?
- Quel rôle les femmes jouent-elles dans le roman ?
- De quelle manière et dans quelle mesure Hemingway dépeint-il fidèlement la guerre civile espagnole dans ce roman ?
- Ce roman a été décrit comme une épopée, c'est-à-dire un récit qui relate les exploits héroïques d'un héros archétypal. Pensez-vous que cette description soit exacte ? Pourquoi ? Utilisez des exemples pour justifier votre réponse.
- Selon vous, quels aspects de ce roman lui ont valu d'être considéré comme l'une des œuvres les plus importantes de la littérature du XXe siècle ?
- Quel rôle la nature joue-t-elle dans le roman ?
- Le roman est basé sur un certain nombre d'événements réels, comme l'offensive de Ségovie (1937). Comparez le roman avec les événements historiques auxquels il fait référence. Qu'est-ce que le récit littéraire ajoute à cette histoire ?
- Le roman mentionne la tauromachie et la Fiesta Brava à plusieurs reprises. Mis à part son propre penchant pour ces spectacles, pourquoi pensez-vous qu'Hemingway a choisi d'inclure ce genre de scènes dans le roman ?

AUTRES LECTURES

ÉDITION DE RÉFÉRENCE

- Hemingway, E. (1994) *For Whom the Bell Tolls*. Londres : Arrow.

ÉTUDES DE RÉFÉRENCE

- Auer, J. (1986) *Ernest Hemingway's For Whom the Bell Tolls*. New York: Barron's Educational Series.
- Lester, J. (2007) Reading *For Whom the Bell Tolls* with Barthes, Bakhtin, and Shapiro. *The Hemingway Review*. 26(2), pp. 114-124. Moscou : Université de l'Idaho.
- Slatoff, W. J. (1977) The 'Great Sin' in *"For Whom the Bell Tolls"*. *The Journal of Narrative Technique*. [En ligne]. 7(2), pp. 142-148. [Consulté le 1er mars 2018]. Disponible sur : < http://www.jstor.org/stable/30225612>
- Waldhorn, A. (2002) *A Reader's Guide to Ernest Hemingway*. Syracuse: Syracuse University Press.

LECTURES RECOMMANDÉES

- Baker, C. (1972) *Hemingway: The Writer as Artist*. 4ème édition. Princeton: Princeton University Press.
- Svoboda, F. J. (2000) The Great Themes in Hemingway: Love, War, Wilderness, and Loss. In: L. Wagner-Martin, ed. *A Historical Guide to Ernest Hemingway*. New York: Oxford University Press.

leInterLittéraire.fr

- des analyses de livres
- des fiches de lectures
- des commentaires littéraires
- des questionnaires de lecture
- des résumés

**Retrouvez
notre offre complète sur
lePetitLittéraire.fr**

www.lepetitlitteraire.fr

ISBN version numérique : 9782808684620
ISBN version papier : 9782808685429
Dépôt légal : D/2023/12603/1042

Conception numérique : Primento,
le partenaire numérique des éditeurs.